GARY SNYDER

砌石与寒山诗

Riprap and Cold Mountain Poems

〔美〕加里·斯奈德　　　　　　　　　　　　　　　著

柳向阳　　　　　　　　　　　　　　　　　　　译

人民文学出版社

PEOPLE'S LITERATURE PUBLISHING HOUSE

著作权合同登记号　图字 01-2023-3806

图书在版编目(CIP)数据

砌石与寒山诗 /（美）加里·斯奈德著；柳向阳译. ——
北京：人民文学出版社，2018（2025.7 重印）
　（巴别塔诗典）
　ISBN 978-7-02-014170-8

Ⅰ. ①砌… Ⅱ. ①加… ②柳… Ⅲ. ①诗集-美国-
现代　Ⅳ. ①I712.25

中国版本图书馆 CIP 数据核字（2018）第 086183 号

责任编辑　朱卫净　何炜宏　邰莉莉
装帧设计　高静芳

出版发行　人民文学出版社
社　　址　北京市朝内大街 166 号
邮　　编　100705

印　　刷　山东临沂新华印刷物流集团有限责任公司
经　　销　全国新华书店等

字　　数　50 千字
开　　本　889 毫米×1194 毫米　1/32
印　　张　3.75
插　　页　5
版　　次　2018 年 8 月北京第 1 版
印　　次　2025 年 7 月第 9 次印刷

书　　号　978-7-02-014170-8
定　　价　49.00 元

如有印装质量问题，请与本社图书销售中心调换。电话:010 - 65233595

本书献给：

斯比德·麦金塔夫（Speed McInturff）

埃德·麦卡洛（Ed McCullough）

布莱基·伯恩斯（Blackie Burns）

吉姆·巴克斯特（Jim Baxter）

罗伊·雷蒙兹（Roy Raymonds）

罗伊·马克班克斯（Roy Marchbanks）

马铃薯墨菲（Spud Murphy）

杰克·佩尔施克（Jack Perschke）

乔·杜庞洛（Joe Duperont）

杰克·海伍德（Jack Haywood）

斯坦利·波特（Stanley Porter）

野马梅森（Crazy Horse Mason）

在树林里，在海上

目录

砌　石

砌　石

砌石：一种小圆石，铺在山
中陡峭光滑的岩石上，
铺成供马通行的小路

八月中在索尔多山瞭望哨 ①

沿溪一片烟雾

五天雨，然后三天热

枞果上树脂闪亮

掠过石头和草地

成群的新蝇。

我记不起曾读过的东西

二三友人，但他们在城里。

拿锡杯饮着冷雪水

透过寂静高空

俯望数里。

① 索尔多山瞭望哨是一座防火瞭望点，位于华盛顿州北部北瀑布国家公园
内的索尔多山山顶。

一九五四年夏天的晚雪和伐木工人罢工

全镇都关了门

    在海滨路边等便车，只有吉卜赛人

驾着筋疲力尽的货车，车上没有木头

搭我一程。伐木工人都去钓鱼了

电锯在一池冷油里

在一万块雪松板木房的

后门廊上，夏雨中一片安静。

车向北过了整个华盛顿州 ①

穿过一道又一道隘口

飘如尘土，无处工作。

    爬上舒克桑峰之下陡峭的山脊

    丛丛松树

---

① 华盛顿州在美国西北部，西临太平洋，北接加拿大。后文提到该州地名舒克桑峰、贝克山、西雅图。

　　浮出薄雾
无处思考或工作
　　飘荡。

贝克山上，独自
在一个雪光耀眼的峡谷：
沿长长山谷向西是城市群，
想着工作，但在此，
燃烧在强烈日光里
在潮湿峭壁之下，结冰湖泊之上，
整个西北部都在罢工
黑火炉冰冷，
木材输送链静止，

我必须转身回去：
　　瞥见一座雪峰
　　在天堂与大地之间
屹立，与西雅图齐平。
盼望着工作。

赞扬病女人

一

女性有创造力，纪律
（反自然）只会
　　让她困惑——
她的头侧在一边
手臂轻柔伸出，爱抚——
一种做起来困难但不用心思的舞蹈。

手在袖子上：　她抓住阳光里
　　蛛网上摇动的树叶；
让他轻轻抖动像鲑鱼通过浅滩
嵌入鸭群和寒冷的沼泽
吸出安静：　骨头冲入
在凉爽的瞳孔后面有一个结生长
突然出现的根覆盖他，稳固他

来自颅顶状山口的雨水

　　与小溪水面齐平

头发生长，舌头绷紧伸出——而她

快速转过头：　回瞥，一只手

手指正抚着大腿，他看见。

二

一遇到你的目光，苹果将变酸。

花朵将辜负枝条，

土壤变得骨白：　水稻，

旱稻，在山坡上死去。

　　所有女人都受伤

她们采集浆果，在斑驳光亮里挖洞，

从腐殖质里翻白根，在石头上砸坚果

在高地上眯着眼

　　或在雪松树荫里休息。

受伤

在帐篷里，门框里，或是在

身着鲜衣正在郊外购物的妈妈那里。

_8

她们的病眼血洒土地，

斋戒吧！厚厚的喉阻挡了恶，

　　　　你们年轻女孩

第一次赶上肠痉挛

收集腐木和酸叶

远离我们的厨房。

你的苗圃，你的明亮织物，

带孩子的聪明方式

隐藏

　　　一种像季节或潮汐的美，

　　　　　大海呼喊

病女人

梦想亮光里的长腿舞蹈

不，我们的母亲夏娃：被扛在肩上

拖下地狱。

　　　　　迦梨和沙克蒂。①

那么地狱在哪里？

在月亮里。

在月亮的变化里：

_____

① 迦梨（kali），印度神话中毁灭和创造的象征。沙克蒂（shakti），印度教
　　性力女神。

在一间树皮小屋里 ①
背着太阳蹲下，五天，
血顺着结痂的大腿滴下。

---

① "树皮"原文 bark，又有吠叫、擦破皮之义，"小屋"原文 shack，又有
未婚同居之义。

派尤特溪 ①

一道花岗岩山脊

一棵树，足矣

甚或一块石，一条小溪，

水池中一片树皮。

山外复山，叠叠曲曲

坚韧的树木挤满

细石缝。

天空一轮巨月，太大。

神游。一百万个

夏天，夜气沉静，岩石

温暖。天空在无尽群山之上。

伴随人类的所有废物

消失了，坚硬的岩石颤抖

甚至沉重的当下似乎也忽略了

---

① 派尤特溪（Piute Creek），位于加利福尼亚的莫哈维国家保护区内。

一颗心的幻想。

词与书

像溪流从高崖洒落

在干燥的空气中消失。

清晰、专注的头脑

没有意义，除非

它之所见被真正理解。

没有人爱岩石，但我们在这里。

夜里寒冷。月光中

有物一闪

飘入刺柏阴影：

看不见的僻静处

美洲狮和草原狼

冷眼傲慢

注视着我起身离去。

火光里读弥尔顿

派尤特溪，1955 年 8 月

"啊地狱，我这悲愁的两眼

能看见什么？" [1]

跟一位拿手锤的老矿工

一起工作，他能感觉

岩石内脏里的

矿脉和劈理 [2]，他能

炸开花岗岩，铺设

风雪、霜冻和骡蹄敲打之下

多年不坏的之字形公路。

弥尔顿，一个无聊故事，关于

我们迷失的共同祖先，吃了苹果的人，

有什么用？

———————

[1] 出自弥尔顿《失乐园》第 4 卷。下文"吃了苹果的人"，指亚当、夏娃。
[2] 劈理（cleavage），岩体沿着一定方向大致成平行排列的密集的裂隙或面状构造。

那个印第安人，那个使链锯的男孩，

带着一串六头骡子

来到这儿扎营

急于吃西红柿和青苹果。

睡在马鞍座毯里 ①

在澄明的夜空下

银河倾斜到清晨。②

松鸦啼叫

咖啡煮沸

一万年后，这些山脊 ③

将干枯死寂，变成蝎子的家园。

冰川擦刮的岩石，佝偻的树木。

没有天堂，没有堕落，

只有风吹雨打的土地

---

① 马鞍座毯（saddle blanket），垫在马鞍下的薄毯、褥或毡，吸汗和保护
马背。

② 此处和下一节暗示说，从银河的距离或一万年后看，当下充满虚幻、悲
伤的世界都将消失。（引自 David Rivard. "A Leap of Words to Things:
Gary Snyder's *Riprap*." *American Poetry Review*，July /August 2009）

③ 原文 "Sierras"，西班牙语词汇，意为山脊。

旋转的天空，①

人，和他的撒旦

冲刷着心灵的混乱。

啊地狱！

火光熄灭

暗得无法看书，离路几里远

钟马在草地上叮当响动 ②

那堆用于填埋的松土

被刮过松散的岩石

弄糟了一条旧道 ③

整整一个夏日。

---

① 在 1955 年诗作《火光里读弥尔顿》中，斯奈德乐意接受一个没有基
  督教目的的宇宙，而把他的信仰置于创造又毁灭的物质实在和天空代
  表的动荡变迁："没有天堂，没有堕落 / 只有风吹雨打的土地 / 旋转的天
  空。"（引自 Terry Gifford. "Gary Snyder and the Post-Pastoral." *Ecopoetry*: *A
  Critical Introduction*. Salt Lake City: University of Utah Press，2002. p 78）
② 钟马（bell mare），一只带铃的母马，通常作为马群或驾车的头马。
③ 此处的翻译，结合了下一首诗《派特山谷上方》开头所说"我们中午前
  清除完了 / 小道的最后部分"。

派特山谷上方

我们中午前清除完了
小道的最后部分，
在山脊一侧
溪流上方两千英尺高处
到了隘口，继续
越过白松树丛，
花岗岩肩部，到一小片
雪水浇灌的绿草地，
边上是白杨——太阳
直直在上，炽燃
但空气凉爽。
吃一块冰凉的煎鳟鱼，在
晃动的树影里。我认出
一块闪光物，是一薄片

黑色的火山玻璃——黑曜石 ①——

在一朵花旁边。手和膝盖

推开熊草，成千的

箭头的残渣，在

一百码远。箭头

无一完好，只有剃刀片

在一座只有夏天不积雪的小山上，

一片夏季肥鹿的土地——

它们来这里度夏。沿着它们

自己的足迹。我随着我自己的

足迹来到这里。捡起冷钻，

镐，手锤，装炸药的

麻袋

一万年。

---

① 火山玻璃，是由火山熔岩迅速冷却而形成的玻璃质结构岩石；黑曜石是其中一种，主要成分是二氧化硅。

水

太阳在岩滑堆上的压力

让我头晕目眩，踉跄而下，

池里的砾石在刺柏树荫下嗡嗡作响

一条本年生响尾蛇细舌弹动，

我跳起，一边笑它盘成一团卵石色——

被炎热击打，顺岩石奔向溪边

从拱墙边踉跄向下，把

整个脑袋、肩插入水中：

舒展在圆石上——两耳轰响

眼睛睁着，因冷而疼痛，面对一条鲑鱼。

写给一个前卫的朋友

第一行曾被善意地批评。这首诗的缘起，按我的记忆，是在五十年代的伯克利，有一天晚上从聚会出来，我的约会对象真是大醉，带着几分愤怒捶我，我让她打（一边抗议），直到把她拉进车里——我父亲的旧帕卡德。这里涉及诗的创作，写这首诗时，我觉得写这一句更男人气，甚至称得上彬彬有礼，或许是骑士精神的反映。实际上我从未不温柔地碰过她一指头。我的批评者，尤其是我的同事桑德拉·吉尔伯特曾说没有借口可以为随便对女人动粗这种行为开脱，这句话非常正确。比起删掉这首诗或改写第一行，这样说明似乎是处理这个问题的最好方式。

因为我曾殴打你
醉酒，刺痛于数周的折磨
而再没有看到过你，
今天你却平静地和我谈话
　　此刻我想

我不如你清醒，

你追逐劣质红酒，

　　　　我追逐书籍。

你曾一丝不挂跑向我

在寒冷三月没膝的深浪里

在海浪拍打的两个海蚀柱之间

　　　　棘手的海滩上——

我把你看作一个印度神女

两脚在波浪里轻舞，

乳房像大海，和孩子，和维纳斯

星星般喷溅着乳汁的

　　　　梦之乳房。

交换我们发咸的双唇。

想象你的身体

让我兴奋数周，甚至

　　　　有一天在牙医的椅子上

我产生了关于你的幻觉。

我再次见到你，已成了石头，

在齐默的印度艺术书里：①

———————

① 齐默（Heinrich Zimmer，1890—1943），德国学者，以研究印度艺术知名。

舞蹈着，在伴着恩典和爱的
那生命里，戴着圆环，和
一根小小的金色腰带，仅高于
　　　　你赤裸的销魂处
我那时想的——更多是你所归属的
那狂野之神生命里的恩典和爱
超过了这件衣服和金色腰带里的
你将给予或得到的
生命。

喂马的干草

他开了半夜的车
从下面遥远的圣华金
过马里波萨 ①，沿危险的山路上来，
到早晨八点才停下
一大车斗的干草
        在仓库后面。
我们用绞车和绳索和挂钩
把草捆叠放，平整好
一直堆到高处黑暗中
破裂的红木椽子，片片苜蓿
在瓦缝的光亮里婆婆而过，
草屑在汗湿的衬衫和鞋子里
        让人发痒。
吃午饭时，在黑橡树下

---

① 由圣华金向北约一百公里到马里波萨，均为加利福尼亚州的属县。

闷热的畜栏外，

——那匹老母马嗅着食盒，

蚱蜢在杂草丛里发出细碎的叫声——

"我六十八了"，他说，

"我开始挑干草是十七岁。

开始那天我就想，

我肯定讨厌一辈子干这活儿。

该死的，这辈子干的

就是这个活儿。"

薄　冰

散步在二月

长冻后温暖的一天

在苏马士山①下面

一条运木材的旧道上

削一根桤木手杖，

透过云俯视

雨中的诺克塞克旷野——

又踏在路对面

一池冰上。

它嘎吱吱响

冰下的白气泡

突然散去，长裂缝

从黑色里射出，

我的防滑登山靴

————————

① 苏马士山和诺克塞克城均位于华盛顿州霍特科姆县，临近加拿大边境。

在硬浮油上滑倒
——像薄冰——突然
感到一句老话成了真——
手里一瞬间是冻树叶，
冰水和木棍。
"如履薄冰——"
我回头向一位朋友大叫，
它裂开了，我掉进去
八英寸

诺克塞克山谷

1956 年 2 月

一次北方旅行的尽头

辽阔的泥泞旷野延伸向树林

和云雾缭绕的大山，在旷野边缘

草莓采摘人在小棚屋里

整个下午一直往火炉里喂雪松，

望着暗淡天空变暗，一只苍鹭振翅飞过，

一只巨形塞特狗幼崽睡在满是尘土的小床上。

次生林中腐烂的高树桩

散布在诺克塞克河湾处的平坦农场

现在是虹鳟洄游季

       一周，我回去

沿 99 号路，经许多城镇，到旧金山 ①

---

① 美国 99 号路（US 99），1960 年代前美国西海岸的南北主干道，联结华盛顿州和加利福尼亚州。

和日本。

整个美国南部和东部，

在那里的二十五年带来一次跳挡

精神的标记点，我在那里

越来越理解这片土地——石头，树木和人，

清醒，前所未有，却准备离开。

　　　该死的记忆，

全部废弃的理论，失败和更糟糕的成功，

学校，女孩，交易，试图收获

使这首诗成为一个泡沫，一个遗憾，

一次补偿丧失好工作的瞎折腾。

　　　雪松木墙

散发我们农场房屋的味道，一半建于一九三五年。

云沉入山中

咖啡又热。那条狗

转啊转啊，停下睡去。

一直在雨中

那匹母马站在地里——
一棵大松树和棚子，
但她待在开口处
屁股对着风，溅湿了。
四月，我想抓住她
无鞍骑上一段，
她又踢又挣
后来在下面小山上
桉树的树荫下
啃吃新鲜嫩枝。

鸟的迁徙

1956 年 4 月

刚才开始时是一只蜂鸟

盘旋在离门廊两码远的地方

                        然后飞去了，

这让我停下了学习。

看到红杉树桩

斜插进土里

缠在高过我头的

黄花丛中，我们每次

拨开它进来——

阳光的阴影之网

透过它的藤。白冠的雀鸟

在树上亢奋地歌唱

山谷里的公鸡啼叫不停。

杰克·凯鲁亚克 ① 在我背后，在外面

① 凯鲁亚克（1922—1969），美国作家，代表作《在路上》《达摩流浪者》。

阳光下读《金刚经》。

我昨天读了《鸟的迁徙》；

金鸻和北极燕鸥。

今天，那个巨大的抽象概念在我门口

因为灯芯草雀和知更鸟都已离开，

沉郁的拾荒人捡起些绳头

在这阴霾的四月一天

夏季的炎热

在山对面，海鸟

沿海岸向北追随春天：

六周后

在阿拉斯加筑巢。

东　寺 ①

真言宗寺庙，京都

男人们身穿内衣沉睡

报纸垫在脑袋下

在东寺屋檐下，

弘法大师坚固的铁像，十英尺高 ②

大步流星，一只鸽子落在帽子上。

透过铁丝网瞥见

落尘的金叶雕像边

一个愤世嫉俗的圆肚皮

酷菩萨——也许是观音——

双性者，尝试一切，单腿承重

周身黄金如蛇，光晕环绕，

---

① 东寺（Tō-ji），一家位于日本京都的真言宗寺庙。

② 弘法大师（774—835），法名空海，密号遍照金刚，真言宗创始人。

透过阴影闪着亮光

一种来自印度的

远古微笑。

上衣宽松的年轻母亲

和孩子们一起在这庙中

古树的荫凉里，

在东寺，无人打扰你；

有轨电车在外面哐当哐当响过。

东本愿寺 ①

真宗寺

在一个满是灰尘的安静角落

　　北门廊下

几个农民在台阶上吃午饭。

一根横梁背后：上方有一块雕花的

　　小木板

上面有叶子，虬曲的树干，

常春藤，和一只皮毛光滑的雌鹿。

　　一只六点雄鹿在前面

回过头，注视着她。

屋顶巨瓦上翘

灰岩浮在空中

小镇上方的大山。

---

① 东本愿寺，日本净土真宗的两个主要分支之一（另一为西本愿寺）。

京都：三月

几片轻雪

在微弱阳光里落下；

鸟在寒冷中唱歌，

一只莺在墙边。梅树

紧裹的冷花苞将很快开放。

月亮到了初四，

一薄片在西天

当夜色降临。木星

在半高处，当晚课

结束。鸽子鸣叫

像琴弦拨动。

黎明时的比叡山 ①

白雾笼罩山顶；晴空里

沟壑叠翠

———————

① 比叡山，日本佛教圣地，位于京都东北部。

小城四周山势锋利，
呼吸刺痛。房屋结冰
屋顶下
爱人们，从被子下身体
缠绵的温暖中，分别。
破冰洗脸
把他们心爱的孩子
和孙儿唤醒，喂饭。

石　园

一

　　日本，一片巨大的海上石园。

锄头和除草的回声，

几百年山溪流淌而下

注入脆弱田野里齐膝深的沟渠和池塘。

石匠的凿子和飞速的锯条，

树叶斑驳的阳光在一个男子身上沙沙响

他正切割一尺见方的粗糙扁柏横梁；

我似乎听到了树林里有一把斧头在挥砍

它打破了梦；唤醒一个在火车上的梦。

那必定是一千年前

在日本某个山中旧锯木厂。

一大群诗人和未婚女孩

和我，那天晚上徘徊东京，像一只熊

跟踪人类

智力和绝望的未来。

二

　　我记起以前认识的一个女孩。
黑发剪得短短的小孩子
在早晨尘土飞扬的街头洒水——
在夏天走过一百个夜晚
看见，在敞开的门和纱窗里
所有人类喜欢的千种姿态
触摸和手势，爱抚，赤裸，
最古老最赤裸的女人更甜美，
最先在那里看见老去的干瘪乳房
没有悲伤又沮丧的内心哭泣
因为时间的无常和摧残
其实指向的正是女人仅有的可爱年岁——
但凭着来自儿童和老妪的"我被人爱着"
这种高贵眼神，时间被摧毁了。
从风暴，火灾，地震和爆炸中
城市升起，毁灭，又升起
闪亮而气味难闻的稻花，
而所有那些生长又烧毁的

悬在虚空中，一阵微弱声音。

三

　　想着一首我将永远不会写的诗。
凭着对树木和兽皮的勇气，和正采摘的拇指，
凭着对词的爱抚和口吃，发明一首曲子，
用任何舌头，这时刻一种真实的时间
是酒或血液或节奏驱动它通过——
词语向着事物的一跃，然后停在那里。
正创造着空穴和商店里的工具
和圣洁的圆顶，没有你能叫出名字的；
长长的老合唱队在脚下吹奏
奏出海中山脉的狂野高调。
噢，缪斯，误入歧途的女神
她让牛暖和，让智者神志清醒，
（甚至疯狂吞下了恶魔）
然后舞过宝石点缀的树和莲花冠
为在原业平①的情人，正在哭泣的金鸰，

————————

① 在原业平（825—880），日本平安时代的歌人，出身皇族，被认为是
《伊势物语》的主人公。

为长大的婴孩和童年的家

移动，移动，通过风景和城镇

哭泣，为一群群男人

像鸟儿永远去了南方。

大伴家持 ① 和梭罗久违的鹰

掠过那边的小山，手上空空，

家庭的喧闹充满空气。

四

　　我们从未有过的那个孩子，怎么样了——

快乐将人类束缚于出生，束缚于死亡，

　　——聚集在家吧——因为我们很快将分开——

（女儿在学校，儿子在工作）

银色鱼鳞覆盖着手，案板；

木炭在屋檐下发出亮光，

蹲着，扇着，直到米饭冒出蒸汽，

我们所有朋友和孩子都来吃了。

这段婚姻永远不死。喜悦

向它砸下来，又将它安固

---

①　大伴家持（约718—785），日本奈良时代的政治家、诗人。

用肉体和木头和石头，

那个女人——她不老也不年轻。

赋予心智这种特征：

一座由火和时间建造的宜人花园。

红海

1957 年 12 月

萨帕溪 ①

肚子生锈的老家伙很快会消逝

报废和拆散，当我们还在岸上——

而你在这里哭求关心，

我们把你的铁架涂成红色

又存下黄铜大阀门

和绿色轮柄。畚箕和废物篓

偎在角落里——

正考虑什么要扔掉。

成包的零碎衣物，浴袍的最终归宿，

小男孩的蓝牛仔裤和家庭主妇的连衣裙

绚丽的溅花图案——都用来擦地板上的油污，

臀部口袋吊着什么像一块头皮。

————————

① 萨帕溪（Sappa Creek），美国中部大平原上的一条溪流；此处指斯奈德工作过的旧船，即第一行"肚子生锈的老家伙"。

剥落油漆，打包阀门，旋动螺母，
吃着冻肉，我们闲逛，油腻的护士们
照看生病又焦躁的坏脾气的老破船。

早晨五点在苏门答腊北部海上

早晨五点在苏门答腊北部海上

一声警铃把我吵醒——我睡在甲板上面
                                        一张小床上，
是从船内的机房里传来的，
接着船头瞭望台的警铃响了三次
前方危险，引擎低沉地哀鸣，
船颤抖，扭动，
"全速后退"，我跳起来，看见黑暗中
黑暗的土地： 我们从未想到那儿会有小岛。
船右转打死，引擎
微速前进
安静，像滑行。
东边黎明初现，照亮了背后黑色的
                                        岛上丘陵，
晨星破云而出，

然后微风从海岸送来：
树叶的腐物与丛林植物的柔和生命：
我回到小床上，躺下嗅着它。
在用了几周通风机之后。
船找到它的航线，升到全速
继续航程。

又搞砸了

又搞砸了

我换重心时方法错了

一下弄翻板子

把我扔到舱底

压扁了一加仑罐

黏稠的暗红色

意大利甲板漆

泼在崭新的白色舱板上。

这微不足道的动作

和这般壮观的结果。

这会儿我必须重漆这面墙

从中抢救出的只是一首诗。

T-2 油轮布鲁斯 ①

脑袋里塞满图片，廉价杂志，醉酒打斗，低俗书籍和
　　海上的日子；对机器和钱的仇恨，又污脏我的
　　手，回身移动这军用油——
最后，我独自坐在甲板上：向加油工借脏兮兮的小床
　　时，我看见月亮，白色尾波，黑色水面和几颗
　　亮星。
一整天我都在读萨德②——我厌恶这个人——惊讶于
　　他的挑衅，在我内心寻求罪恶和谋杀——又把嘲
　　讽天地万物当作嬉戏，摆酷，和无限的空虚——
萨德和理性和基督徒之爱。
不人道的海洋，黑色地平线，淡蓝月光弥漫的天空，
　　月亮，一颗完美的智慧珍珠——老象征，海浪，
　　对月沉思——那些女神的名字，月亮上那只兔

---

① T-2 油轮，美国在二战期间开始建造的大油轮的等级。
② 萨德（1740—1814），法国贵族、作家。

子，神话，潮水，

不人道的牛郎星——那"不人道"的谈话；那只眼
　　睛，它看见所有空间，被嵌入这一块人类颅骨。
　　变了形。太阳热量的来源是头脑，

我不会喊"不人道"，并认为它让我们变小，让自然
　　变伟大，我们本就渺小，正如我们所是——

不可见的海鸟追踪我们，救世主到来拯救我们。

记得我们泊船在中途岛绿色潟湖时，云团般的小米诺
　　鱼。海滩上一只军舰鸟的尸体，一只龟壳一只脚
　　横过龟肉仍然紧贴着——

通过狭窄的珊瑚礁又一次出海，花一个月去波斯。日
　　本所有大木佛都能使这些波浪翻滚，不为一只鸟
　　所知——

昨天是我游泳时的海水味道；这会儿是让我关节破
　　裂，我所看到和怀念和永远不会为其流泪的一
　　切——

该死的昨晚在港口我醉在地板上，该死的我们读的这
　　廉价垃圾。夏威夷工人跟我们分享啤酒，在没有
　　女孩子的长木采砂船工钢工的夜醉和赌博大厅，
　　称我们是奇怪的海员等等，又紧握我们的手臂唱
　　真正的夏威夷歌曲，

留着胡子，褐色，和他们体内所有太平洋的血，都在
　　笑，破烂衬衫和锡帽，每小时三或五美元；
该死的没有更好的傻瓜了。还有什么比男人，无人性
　　的男人更广阔、美丽、遥远、不思考（永恒的玫
　　瑰红日出在浪花上——岩石无比端正），
在他身边我希望得到距离天蝎座附近座位一千光年，
　　惊讶和感动于他对我的困境，一个朴素之星的关
　　心和同情，
然后又交换着形式。我的妻子消失了，我的女孩消失
　　了，我的书被借走了，我的衣服破旧了，我放弃
　　了一辆车；这一切发生在多年前。心灵与物质，
　　爱与空间脆弱如啤酒的泡沫。翻滚着，
火旋转着这轮船的传动轴，满是光滑的油和噪声——
　　往昔的手掌之血——砂土的甜油——拥抱在完美
　　钢材的焊接板上。

卡塔赫纳 ①

暴雨和闪电击打，街上雨水泛滥

我们在酒吧跟印第安女孩跳舞，

　　　水漫了半膝，

最小的女孩衣服滑下来，跳着

　　　赤裸上身，

大个黑人船员在椅子里和坐在他腿上的女孩

　　　亲热，她用衣服盖了眼睛，

可口可乐和朗姆酒，地板上到处是雨水。

耀眼的灯光里，我醉了，在几个房间里

　　　踉踉跄跄，

叫喊着："卡塔赫纳！邪恶之爱的沼泽！"

又为那些比我还小的印第安人妓女哭泣，

　　　我十八岁，

船员穿着从一个摊位上买的凉鞋逛完街

---

① 卡塔赫纳（Cartagena），哥伦比亚西北部港口。

　　　　回到船上
雨水泼溅，黎明到来，
　　　　我们已在遥远的海上。

　　　　哥伦比亚，1948 年；阿拉伯半岛，1958 年

砌　石

放下这些词语

像岩石，在你的心智之前。

　　　　用两手，放稳

在选中的地方，摆放

在心智的身体之前

　　　　在空间和时间里：

坚如树皮，草叶或墙

　　　　万物之砌石：

银河的卵石，

　　　　游荡的行星，

这些诗作，人，

　　　　迷路的小马

拖曳着马鞍

　　　　和坚实的石头小路。

世界像无尽的

　　　　四方形

围棋博弈。

　　　　蚂蚁和卵石

薄薄壤土中，每块岩石都是一个词语

　　　　一块溪水冲刷的石头

花岗岩：染就

　　　　火与重量的折磨

结晶与沉积链起炽热

　　　　所有变化，在思想中，

也在万物中。

寒山诗

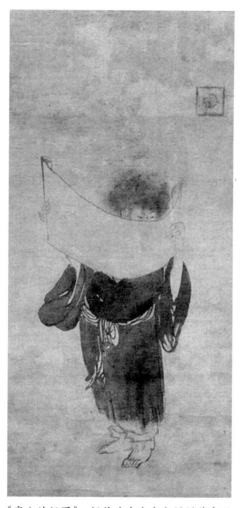

《寒山读经图》，据传为南宋末期禅僧萝窗所作，藏于加州大学伯克利分校艺术博物馆。

台州刺史闾丘胤撰寒山诗序 ①

【斯奈德按】寒山之名，取自他住的地方。他是中国古代衣衫敝旧的隐士系列中一个山野疯子。当他说到寒山，他指他自己，也指他的居处，他的心境。他生活在唐代——传统上认为是公元 627 年—650 年，虽然胡适认为是 700 年—780 年。这使他成为杜甫、李白、王维、白居易的同时代人。他的诗留存下来三百余首，以唐代的口语写成：朴素，鲜活。观念是道、佛、禅。他和他的搭档拾得，成为后世禅画的最爱——卷册、扫帚、乱发和大笑。他们成了神仙，如今在美国的贫民区、果园、流浪者丛林和伐木者的营地，你有时会遇到他们。

详夫寒山子者，不知何许人也。自古老见之，皆

---

① 未译斯奈德英译文，此处据项楚注《寒山诗注》（中华书局，2000）录入闾丘胤撰《寒山子诗集序》全文并分段。

谓贫人风狂之士。隐居天台唐兴县西七十里，号为寒岩，每于兹地，时还国清寺。寺有拾得，知食堂，寻常收贮余残菜滓于竹筒内，寒山若来，即负而去。或长廊徐行，叫唤快活，独言独笑。时僧遂捉骂打趁，乃驻立抚掌，呵呵大笑，良久而去。且状如贫子，形貌枯悴，一言一气，理合其意，沉而思之，隐况道情，凡所启言，洞该玄默。乃桦皮为冠，布裘破弊，木屐履地。是故至人遁迹，同类化物。或长廊唱咏，唯言"咄哉咄哉！三界轮回"。或于村墅与牧牛子而歌笑，或逆或顺，自乐其性，非哲者安可识之矣。

胤顷受丹丘薄宦，临途之日，乃萦头痛，遂召日者①医治，转重。乃遇一禅师，名丰干，言从天台山国清寺来，特此相访。乃命救疾。师乃舒容而笑曰："身居四大，病从幻生，若欲除之，应须净水。"时乃持净水上师，师乃噀之，须臾祛疹。乃谓胤曰："台州海岛岚毒，到日必须保护。"胤乃问曰："未审彼地当有何贤，堪为师仰？"师曰："见之不识，识之不见。若欲见之，不得取相，遒可见之。寒山文殊，遁迹国清。拾得普贤，状如贫子，又似风狂，或去或来，在国清寺库院走使，厨中着火。"言讫辞去。

_____

① 日者，古时以占候卜筮为业的人。

胤乃进途，至任台州，不忘其事。到任三日后，亲往寺院，躬问禅宿，果合师言，乃令勘唐兴县有寒山、拾得已否。时县申称，当县界西七十里内有一岩，岩中古老见有贫士，频往国清寺止宿，寺库中有一行者，名曰拾得。胤乃特往礼拜。

到国清寺，乃问寺众："此寺先有丰干禅师院在何处？并拾得、寒山子见在何处？"时僧道翘答曰："丰干禅师院在经藏后，即今无人住得，每有一虎，时来此吼。寒山、拾得二人，见在厨中。"僧引胤至丰干禅师院，乃开房，唯见虎迹。乃问僧宝德、道翘："禅师在日，有何行业？"僧曰："丰干在日，唯攻舂米供养，夜乃唱歌自乐。"遂至厨中，灶前见二人向火大笑。胤便礼拜，二人连声喝胤，自相把手，呵呵大笑叫唤，乃云："丰干饶舌，饶舌。弥陀不识，礼我何为？"僧徒奔集，递相惊讶：何故尊官礼二贫士？时二人乃把手走出寺。乃令逐之。急走而去，即归寒岩。胤乃重问僧曰："此二人肯止此寺否？"乃令觅访，唤归寺安置。胤乃归郡，遂置净衣二对，香药等，特送供养。时二人更不返寺，使乃就岩送上，而见寒山子乃高声喝曰："贼！贼！"退入岩穴，乃云："报汝诸人，各各努力。"入穴而去。其穴自合，莫可追之。其拾得迹沉无所。乃令僧道翘寻其往日行状，唯于竹木石壁书诗，并村墅人家厅壁上所书文句三百余首，及拾得于土地堂壁上书言偈，并纂集成卷。但胤栖心佛理，幸逢道人，乃为赞曰：①

菩萨遁迹，示同贫士。独居寒山，自乐其志。貌悴形枯，布裘弊止。出言成章，谛实至理。凡人不测，谓风狂子。时来天台，入国清寺。徐步长廊，呵呵抚指。或走或立，喃喃独语。所食厨中，残饭菜滓。吟偈悲哀，僧俗咄捶。都不动摇，时人自耻。作用自在，凡愚难值。即出一言，顿祛尘累。是故国清，图写仪轨。永劫供养，长为弟子。昔居寒山，时来兹地。稽首文殊，寒山之士。南无普贤，拾得定是。聊申赞叹，愿超生死。

----

① 斯奈德英译至此结束，在后文《英文版注释》中有说明。

寒山诗二十四首 ①

一

通往寒山那地方的路，令人发笑，

一条小路，而没有车马的痕迹。

峡谷在此汇聚——曲折得难以追踪

杂乱的峭壁——险峻得难以置信。

一千种草因露水而弯了腰，

一山的松树在风中鸣响。

如今我已迷失了回家的小路，

身子在问影子：你怎么跟上的？

---

① 寒山诗三百余首，均无诗题，斯奈德选译了 24 首。编者在每首诗后附
原诗，以便读者对照阅读。

可笑寒山道，而无车马踪。①

联溪难记曲，叠嶂不知重。

泣露千般草，吟风一样松。

此时迷径处，形问影何从？

---

① 寒山诗原文据《寒山诗注》（中华书局，2000），后文同。

二

在悬崖一角，我选了个地方——
鸟道，而没有人的踪迹。
那地方之外是什么？
白云依恋着隐约的岩石。
如今我住在这里——多少年了——
一次又一次，春天和冬天过去。
去告诉有银器和几辆车的人家
"所有热闹和钱财，又有何用？"

重岩我卜居，鸟道绝人迹。

庭际何所有，白云抱幽石。

住兹凡几年，屡见春冬易。

寄语钟鼎家，虚名定无益。

三

山上寒冷。

一直很冷，不只是今年。

嵯峨的陡坡永远被雪覆盖

树木在幽暗的沟壑间吐出薄雾。

六月底，草还在发芽，

八月初，树叶开始飘落。

而我在这里，高高山上，

极目凝望，但我甚至看不到天空。

山中何太冷？自古非今年。

沓嶂恒凝雪，幽林每吐烟。

草生芒种后，叶落立秋前。

此有沉迷客，窥窥不见天。

四

我策马穿过这圮毁的城镇，

这圮毁的城镇让我忧伤。

高高，低低，老护墙

大大，小小，旧坟墓。

我身影徘徊，独自一人；

甚至听不到棺材的开裂声。

我同情这些平凡的尸骨，

在不朽者的书中，他们籍籍无名。

驱马度荒城，荒城动客情。
高低旧雉堞，大小古坟茔。
自振孤蓬影，长凝拱木声。
所嗟皆俗骨，仙史更无名。

五

我想找一个好地方安身：
寒山应是个安然之地。
轻风在一棵隐藏的松树里——
近听——声音更悦耳。
在树下，一个花白头发的男人
喃喃地读着黄帝和老子。
我十年没回过家了，
甚至忘了当初来这儿的路。

欲得安身处，寒山可长保。

微风吹幽松，近听声愈好。

下有斑白人，喃喃读黄老。

十年归不得，忘却来时道。

六

人们打听去寒山的路

寒山：没有路通到这儿。

夏天，冰不会融化

初升的太阳在迷雾中模糊不清。

我是怎么来的？

我的心跟你的不一样。

如果你的心像我的心

你就能找到路，来到这儿。

人问寒山道，寒山路不通。

夏天冰未释，日出雾朦胧。

似我何由届，与君心不同。

君心若似我，还得到其中。

七

很久以前我在寒山安下身，
仿佛已经过了许多年。
自由地走动，徘徊于树林和溪流，
流连，观看万物自身。
人们不会大老远到这山中，
白云聚合，翻滚。
细草做了一张床垫，
蓝天成了一双好棉被。
快乐地躺在一块石头上，
一任天和地自个儿改变。

粤自居寒山，曾经几万载。

任运遁林泉，栖迟观自在。

寒岩人不到，白云常叆叇。

细草作卧褥，青天为被盖。

快活枕石头，天地任变改。

八

攀爬寒山的小路，
寒山的小路没有尽头：
长长峡谷塞满碎石和巨石，
宽宽小溪，薄雾迷蒙的青草。
青苔湿滑，虽然不曾下雨
松树歌唱，但没有风。
谁能跃出世间的束缚
和我一同坐在白云间？

登陟寒山道，寒山路不穷。

溪长石磊磊，涧阔草濛濛。

苔滑非关雨，松鸣不假风。

谁能超世累，共坐白云中。

九

昏暗又不平——寒山的小路，

锋利的卵石——结冰的溪岸。

啾啾叫个不停——总有鸟儿

凄冷，独自一人，甚至没有一个旅人。

鞭打，鞭打——风捆着我的脸

旋转又乱撞——雪积在我的背上。

一个又一个早晨，我看不到太阳

一年又一年，没有春天的迹象。

杳杳寒山道，落落冷涧滨。

啾啾常有鸟，寂寂更无人。

淅淅风吹面，纷纷雪积身。

朝朝不见日，岁岁不知春。

十

我已经在寒山住了
这漫长的三十年。
昨天我拜访亲友：
一大半人都归了黄泉。
慢慢耗完，像火燃尽一支蜡烛；
永远流淌，像河水永不停息。
此刻，清晨，面对自己孤单的身影：
突然地，我的两眼泪水模糊。

一向寒山坐，淹留三十年。
昨来访亲友，太半入黄泉。
渐减如残烛，长流似逝川。
今朝对孤影，不觉泪双悬。

十一

碧溪中春水清亮
寒山上月光洁白
沉默的知识——精神照亮自身
思索着空虚：这世界超越寂静。

碧涧泉水清，寒山月华白。

默知神自明，观空境逾寂。

十二

在生命中前三十年

我漫游了千百里路。

顺着河流走，穿过深深绿草，

进入红尘沸腾的城市。

尝试服药，但无法长生不老；①

读书，写咏史诗。

如今回到了寒山：

我将睡在小溪边，让两耳清净。

---

① 唐人有炼药服食的习惯，所谓仙药亦有多种，如白居易《思旧》诗所写："退之服硫黄，一病讫不瘥。微之炼秋石，未老身溘然。杜子得丹诀，终日断腥膻。崔君夸药力，经冬不衣绵。或疾或暴夭，悉不过中年。唯予不服食，老命反迟延。"

出生三十年，尝游千万里。

行江青草合，入塞红尘起。

炼药空求仙，读书兼咏史。

今日归寒山，枕流兼洗耳。

十三

我无法忍受鸟的歌唱

这会儿我要到我的草庵里休息。

外面樱桃开花猩红色

柳树吐芽毛茸茸。

清晨的太阳驶过蓝色群峰

明亮的云朵清洗绿池。

谁知道我出了尘俗世间

正攀爬寒山的南坡?

鸟语情不堪，其时卧草庵。
樱桃红烁烁，杨柳正毵毵。
旭日衔青嶂，晴云洗绿潭。
谁知出尘俗，驭上寒山南。

十四

寒山有许多隐藏的奇迹，
攀山到此的人总受到惊吓。
当月光照耀，水闪烁清亮
当风吹起，草唰唰——沙沙。
光秃秃的梅树上，是雪的花朵
枯死的树桩上，薄雾般的树叶。
一经雨的触摸，全都变得鲜活。
时节不对，你无法涉过溪流。

寒山多幽奇，登者皆恒慑。
月照水澄澄，风吹草猎猎。
凋梅雪作花，杌木云充叶。
触雨转鲜灵，非晴不可涉。

十五

在寒山，有一只大虫
长着白色身子和黑色的头。
他的手捧着两卷书，
一卷**道**，一卷**德**。
他的草庵里没有锅和炉，
他散步时衣裤歪斜。
但他总是随身带着智慧之剑：
他想斩断无谓的欲望。

寒山有裸虫，身白而头黑。

手把两卷书，一道将一德。

住不安釜灶，行不赍衣裓。

常持智慧剑，拟破烦恼贼。

十六

寒山是一座房屋
没有横梁和墙壁。
左右六扇门敞开
蓝天是它的厅堂。
房间都空空又模糊
东墙打在西墙上
中间一无所有。

没有人来借东西打扰我
严寒中我生起一点火
饥饿时我煮些青菜。
富人和他们的大车库与牧场
对我毫无用处——
那只能给自己造一座牢房。
一旦住进去，就再也无法出来。
仔细想想吧——
你知道这也可能发生在你身上。

寒山有一宅，宅中无阑隔。

六门左右通，堂中见天碧。

房房虚索索，东壁打西壁。

其中一物无，免被人来惜。

寒到烧软火，饥来煮菜吃。

不学田舍翁，广置牛庄宅。

尽作地狱业，一入何曾极。

好好善思量，思量知轨则。

十七

如果我隐居寒山
以山上的植物和浆果为生——
我整个一生,为何担忧?
一个人只管顺随他的业缘。
岁月像水一样流逝,
时间像燧石击打的火星。
去吧,一任世界改变——
我快乐地坐在山崖间。

一自遁寒山，养命餐山果。

平生何所忧，此世随缘过。

日月如逝川，光阴石中火。

任你天地移，我畅岩中坐。

十八

大多数天台人
不了解寒山
不了解他的真实想法
却称之为胡言乱语。

多少天台人，不识寒山子。

莫知真意度，唤作闲言语。

十九

一旦到了寒山，烦恼都结束——
不再纠结，不再忐忑。
我闲散地在崖壁上涂写诗句，
接受到来的一切，像一叶不系之舟。

一住寒山万事休，更无杂念挂心头。
闲书石壁题诗句，任运还同不系舟。

二十

有个批评者试图让我沮丧——
"你的诗缺少道家的基本原理"
而我想起古人
他们贫穷，却不以为意。
我必须嘲笑这个批评者，
他完全不得要领，
他这样的人
应该汲汲于钱财。

客难寒山子，君诗无道理。

吾观乎古人，贫贱不为耻。

应之笑此言，谈何疏阔矣。

愿君似今日，钱是急事尔。

二十一

我已经住在寒山——多少个秋天。

独自，我哼一支歌——毫不后悔。

饥饿时，我吃一粒不死药

心智沉潜而敏锐；正靠在一块石头上。

久住寒山凡几秋，独吟歌曲绝无忧。

蓬扉不掩常幽寂，泉涌甘浆长自流。

石室地炉砂鼎沸，松黄柏茗乳香瓯。

饥餐一粒伽陀药，心地调和倚石头。

二十二

寒山之巅，那轮孤独的圆月

照亮整个清澈无云的天空。

赞美这无价的天然珍宝吧

它隐藏于五阴，深陷于肉体。①

---

① 五阴（five shadows），佛教用语，又作五荫、五蕴，即色、受、想、行、识。《镜宗录》解释："蕴者，藏也…阴者，覆也。即蕴藏妄种，覆蔽真心。"

寒山顶上月轮孤，照见晴空一物无。
可贵天然无价宝，埋在五阴溺身躯。

二十三

我的家一开始就在寒山，

漫游山中，远离烦恼。

不见时，万物没有痕迹

放松时，它流遍银河

一泉光亮，照入那片心智——

不是一物，而它仍显现在我眼前：

如今我知道佛性的珍珠

知道它的用处：一颗无界的完美球体。

我家本住在寒山，石岩栖息离烦缘。

泯时万象无痕迹，舒处周流遍大千。

光影腾辉照心地，无有一法当现前。

方知摩尼一颗珠，解用无方处处圆。

二十四

人们看到寒山

都说他是个疯子

不在意自己

穿着破布和兽皮。

他们不明白我说的话，

我也不说他们的语言。

我对遇到的人，只有一句话：

"试试吧，到寒山去。"

时人见寒山，各谓是风颠。貌不起人目，身唯布裘缠。
我语他不会，他语我不言。为报往来者，可来向寒山。

英文版注释

《寒山子诗集序》

丰干，传统上被看作一位禅师，但中唐时禅宗尚未成为一个独立的佛教宗派，不如说是一种"禅悟团体"，生活在山中或天台宗或律宗的寺院里。

文殊是智慧菩萨，普贤是爱的菩萨，阿弥陀佛是大慈大悲菩萨。

赞是一首佛教短诗。

这篇序结尾是闾丘胤的赞语，一首打油诗，我没有翻译。

《寒山诗》

第四首：文学风格上一个稀有的例子。寒山通常以口语写诗，在中国极少有诗人这样做。

第五首：花白头发的人，是寒山自己。黄指黄帝的书，老指老子，即《道德经》。

　　第十五首：一卷**道**，一卷**德**，即《道德经》。

　　第二十二、二十三首：圆月，珍珠。所有生灵内在佛性的象征。

　　寒山的大多数诗，都是"古诗"风格，每行五字或七字。

后 记

　　我伴着二十世纪诗歌的冷静、锋刃和有弹性的精英主义长大。艾兹拉·庞德将我引入中国诗歌，于是我开始学习古代汉语。到我开始写作自己的经验时，大部分现代主义并不合用，除非转向汉语和日语。

　　虽然已经写了相当数量的诗作，但直到二十四岁，我仍随时准备把诗弃置一旁。我的心思已转向语言学，沃尔夫假说①，北美口头文学，和佛教。我的就业技能大多在户外。

　　所以1955年夏天，在研究生院学习东方语言一年后，我与约塞米蒂国家公园②签约，当一名船上辅助人员。他们很快就让我到派尤特溪上游流域工作，那片土地到处是光滑的白色花岗岩、粗糙的刺柏和松树。到处都带着冰河时代的有形记忆。基岩那么璀

---

① 沃尔夫假说（the Whorfian hypothesis），认为语言差异影响使用者的思维方式。
② 在美国西部加利福尼亚州，位于内华达山脉西麓。

璨，反射着水晶般的星光。白天长时间辛苦工作，伴着铲、锄、炸药，还有卵石，在放弃还是继续工作这样一种奇妙心境中，我的语言放松，回复自身。我开始能够冥想，夜晚，下班后，我发现自己在写一些让自己吃惊的诗。

这本诗集记录了那些时刻。以一组围绕工作及朗朗群山的诗开始，以几首写于日本和海上的诗结尾。"砌石"这个标题赞美双手的工作、石头的放置①，以及我对互联、互解、互映和互容的整个宇宙的画面的最初一瞥。

无疑，我对中国诗歌的阅读，及其按部就班的单音节词排列，其干净利落——嗒嗒的骡蹄声——一切都喂养了我的这种风格。我离开内华达山脉，到伯克利参加另一个学期的学习，然后又是在京都一年的禅宗学习，和在一艘航行于太平洋和波斯湾的油轮上机房里的九个月。

我第二次到日本时，由于喜得·柯尔曼和劳伦斯·佛灵盖蒂②的帮助，在距禅宗大德寺几条街道的

---

① 这段文字也表明，译作包含动作意义的"砌石"，要比"砾石"等纯粹名词更合适。
② 两位均为美国诗人，后者又是以出版金斯堡诗集《嚎叫》知名的城市之光书店的合伙人。

一家小店里，《砌石》初版印了五百册，以东亚风格对折装订。

这本小书产生了影响。在第二次日本版一千册完毕后，唐·艾伦的灰狐出版社又把它捡起来，在美国出版。唐和我决定把我译唐代禅诗人寒山的诗作加进去。我在伯克利研讨班时已经跟随陈世骧开始做这些工作。陈亦师亦友。他对诗歌的熟悉和热爱，以及他对生活的趣味，都极丰饶。他凭记忆引用法国诗歌，凭记忆几乎能在黑板上写出任何唐宋诗。陈译陆机《文赋》，给了我看待关于"斧柄"的谚语"当制作一个斧柄，图样并不远"的角度，及其如何应用于诗歌。① （心心相印。）

我本来还会继续翻译更多中国诗歌，如果我待在学院的话，但我的双脚带我走向禅宗道场。

水面波纹至小，而复杂性隐于池底、池岸之下。黑暗而古老的潜藏。不要花哨的风格，这些关于诗的观念是古代的。但正是这些"萦绕"于最好的苏格兰

---

① 见陆机《文赋·序》："至于操斧伐柯，虽取则不远，若夫随手之变，良难以辞逮。"伐柯出典于《诗经·豳风·伐柯》"伐柯伐柯，其则不远"。柯，斧柄。则，法也。伐柯者必用斧，其大小长短近取于柯，所谓不远求也。（参考《陆机集校笺》，上海古籍出版社，2016）斯奈德诗集 Axe Handles，直译"斧柄"，赵毅衡在《诗神远游》一书中即译作"执柯伐柯"。

英语歌谣和中国诗美学的核心。杜甫说，"诗人的观念应高贵而简单。"① 禅说，"未定者耽奇艳，已定者乐平凡。"

有诗人声称，他们的诗旨在通过语言的棱镜来显示世界。他们的计划是有价值的。也有作品看世界而不借助任何语言的棱镜，而是将那种看带入语言。后者一直是大多数中国诗和日本诗的方向。

于是，在几首砌石诗中，我确实以令人不安的深度来尝试表面的简单处理。这不是我写的唯一一种诗。也有位置留给激情、华美和混杂语言。我在这本书中处理的简朴诗作冒着不被看见的风险。但它们指示的方向也许是我最喜欢的，多么奇妙的冒险！

这些诗也找到了回内华达山脉的路，线路工作人员仍在放置文字的砌石。我猜测这些诗作得到赞赏，既为他们的汗水也为他们的艺术。资深的线路领班（如今是历史学家）吉姆·斯奈德曾告诉我，当时如何在偏僻之地的工作帐篷里就着火光读了这本书。

---

① 斯奈德引用未注出处，参考宇文所安英译本，此句原文应为"易简高人意"，出自杜甫的题画诗《观李固请司马弟山水图三首》第一首。下句所引禅语，无法查注出处，中文是译者"仿古"作。

译后记

·

《砌石和寒山诗》是斯奈德的成名作，20 世纪 50—60 年代出版，早为国内爱诗者所知。八十年代赵毅衡译《美国现代诗选》收录其中五首：《八月中在索尔多山瞭望台》《派尤特溪》《火光里读弥尔顿》《喂马的干草》《砌石》。2013 年杨子译《盖瑞·斯奈德诗选》亦收录其中五首：前述四首和《派特山谷上方》。我有幸与二位译者相识，此次翻译中又读他们的译作，受益匪浅，想念更多。

《砌石》用词极简，与中国古诗相通，所以译中偶用"新蝇""神游""鲜衣"这类词语。斯奈德常省略标点，译者亦尽量不为添加，望读者留心。有时诗行简短不成句子，实在不好处理。那首《T-2 油轮布鲁斯》，不知读者能否感到"布鲁斯"风格？但有几处内容含糊，却是实实在在的。译诗过程中查阅资料，作了数十处注释，又从相关评论中摘录几段文字，引为注释，希望有助于阅读。

寒山诗进入英语诗歌，斯奈德译本风行一时。我的翻译目标，是把斯奈德译作当作现代美国诗，译入现代汉诗。斯奈德译作略显美国化，此等译"误"，我也将误就误！寒山有时以诗证佛，在斯奈德译本里不明显时，我也尽量不选用佛教词汇。从寒山原诗中，译者沿用了"草庵"、"五阴"等几个合用的词语。无论如何，寒山诗作三百首，斯奈德选出二十四首，还是有眼光的。

赵毅衡先生大著《诗神远游》对理解斯奈德作品，甚至对阅读整个美国现代诗，大有益处，读者不妨参考。杨子兄在《盖瑞·斯奈德诗选·后记》中道尽译事曲折，笔者心有戚戚。岑参诗说："只缘五斗米，辜负一渔竿。"（此刻，我终于把这篇小文删减近半）特别感谢本人就职的杂志社同仁这些年给我的帮助。感谢家炜兄的再三鼓励。朋友们阅读中发现不妥之处，亦望回馈指出，不胜感谢。

柳向阳

2017 年 3 月 6 日 /4 月 2 日

又：感谢翔武兄和梁枫兄的认真校读和建议，翔武兄并转来梁秉钧译作四首，梁译通达醒豁。

2017.4.7/9.21